FLOWER FAIRIES
花仙子之歌

[英]西西莉·玛丽·巴克 著　卜丽 译

北方联合出版传媒(集团)股份有限公司
万卷出版有限责任公司

ⓒ 西西莉·玛丽·巴克 2024

图书在版编目（CIP）数据

花仙子之歌 / （英）西西莉·玛丽·巴克著；卞丽
译. -- 沈阳：万卷出版有限责任公司，2024.2
ISBN 978-7-5470-6306-4

Ⅰ.①花… Ⅱ.①西…②卞… Ⅲ.①儿童诗歌—诗
集—英国—现代 Ⅳ.①I561.82

中国国家版本馆CIP数据核字（2023）第128766号

出 品 人：王维良
出版发行：北方联合出版传媒（集团）股份有限公司
　　　　　万卷出版有限责任公司
　　　　　（地址：沈阳市和平区十一纬路29号　邮编：110003）
印 刷 者：辽宁新华印务有限公司
经 销 者：全国新华书店
幅面尺寸：185mm×230mm
字　　数：120千字
印　　张：14
出版时间：2024年2月第1版
印刷时间：2024年2月第1次印刷
责任编辑：王　越
责任校对：张　莹
装帧设计：李英辉
ISBN 978-7-5470-6306-4
定　　价：69.00元
联系电话：024-23284090
传　　真：024-23284448

目录

春天的花仙子

Flower Fairies of the Spring

春天的魔法

春天是个魔法师，
小小魔法有谁知？
年年燕子归来时，
大树爷爷发新枝。

魔法王国真古老，
幽幽城堡草儿茂。
雏菊花儿一打苞，
小小烦恼都忘掉。

一群精灵乘风过，
吹开万千花骨朵。
鸟儿筑巢又抱窝，
小小仙子欢歌多。

番红花仙子之歌

小小番红花蓓蕾，　　黄金花杯闪闪亮。
举起水晶火焰杯。　　听说春天要路过，
一杯盈盈满满光，　　我们点起花之火。
谁人洒在大地上？　　请你停下小脚步，
太阳挥起魔法杖，　　围绕篝火跳个舞！

柳絮花仙子之歌

小小猫柳爪灰白，
棕榈花儿悄悄开。
一群蜜蜂嗡嗡嗡，
长长柳条黄澄澄。

蜜蜂绕呀绕花梢，
小孩子们花下闹！
林中鸟儿喊喊叫，
折柳条的时间到！

花仙之国有庆典，
采来柳条做装扮。
茸茸柳絮做斗篷，
精灵飞出小树丛。

嗨，精灵小可爱，
谁在柳树下徘徊？
如果我们乖又乖，
你们会不会回来？

樱草花仙子之歌

一条小路幽深处，　　野草茫茫有仙乡，
樱草之国真幸福。　　小小樱草是女王。
阳光暖暖照树林，　　鸟儿嘤嘤唱不停，
林中小花甜津津。　　最爱田园小精灵。
花香藏也藏不住，　　花儿一齐拍手掌，
一群蜜蜂来探路。　　精灵女王真善良。

款冬花仙子之歌

三月风吹呼啦啦，
款冬花儿也不怕，
迈开一对小脚丫。

叶儿却还待在家，
慢吞吞地未长大，
可急坏了款冬花。

小小黄花真勇敢，
探出头来问春天，
花开此时晚不晚？

蒲公英花仙子之歌

瞧呀我有细叶子，
长着两排小锯齿。
只要轻轻吹口气，
小小花钟会报时。

我是孩童小闹钟，
藏在草地树篱丛。
风儿一吹没影踪，
欢乐之钟响叮咚。

蒲公英呀除不了，
何必荷锄又拿锹？
别看我的个儿小，
小小勇士打不倒！

风之花仙子之歌

小星星说悄悄话，
孩子们都睡着啦！
月光施了小魔法，
大地生出风之花。

风之花，风之花，
一阵风吹不见啦！
我们划着月牙船，
穿过暗夜去寻它！

划呀划，划呀划，
划到星星都落下。
小小精灵不在家，
化作一地风之花！

小白屈菜花仙子之歌

谁探出圆圆脑袋？
一头金发让人猜。
小小山楂呆呆坐，
遍地毛茛花灼灼。
幽幽山径无人来，
请来小小白屈菜。
太阳下山点起灯，
大地撒满小星星。

雏菊花仙子之歌

快快现身吧，　　太阳要落山，
可爱雏菊花！　　魔法仙女现：
编个小花环，　　白雪烧成灰，
做个仙女圈。　　火焰变鸟飞。
合上小花瓣，　　小小雏菊花，
轻声道晚安！　　花园魔法家！

落叶松花仙子之歌

小松林里幽暗暗，　　飞来一个小顽童，
大橡树上太孤单。　　摇落松果咚咚咚。
精灵最爱小宝塔，　　叮叮咚咚松林中，
落叶松上安稳家。　　风儿淅淅水淙淙。
一座宝塔一朵花，　　一群松花小宝宝，
红花绿穗满树丫。　　荡着秋千唱童谣。

白花酢浆草花仙子之歌

海中翡翠岛，　　白袍紫花袄。

地上酢浆草。　　精灵手儿巧，

溪水潺潺唱，　　裁好花布料。

樱草开花忙。　　翼翼如轻纱，

小小酢浆草，　　仙女飞来夸！

婆婆纳花仙子之歌

谁有最蓝的眼睛？
问问林中小精灵。
天上星星眨呀眨，
地上花开婆婆纳。

一双眼睛蓝晶晶，
婆婆纳花来送行。
三千里外远行人，
你可记得她叮咛？

一座城堡一棵草，
小小野草赛珍宝。
谁把天池水倾倒，
化作大地蓝波涛？

繁缕花仙子之歌

伶伶仃仃繁缕花，　　小小繁缕点起灯，
大地妈妈保护她。　　葱茏大地变星空。
草儿密密织起网，　　生在阴沟又怎样，
为她放哨又站岗。　　高高举起一束光。

犬堇菜花仙子之歌

鹩鹅蹦蹦跳，
喊来知更鸟。
围着春樱草，
筑起小小巢。
红日上三竿，
青苔爬满园。
我是堇花仙，
苔藓小伙伴。
布谷鸟精灵，
早早唤我醒！

风铃草花仙子之歌

一座小小精灵宫，　　唤醒王后樱草丛。
十万风铃叮叮咚。　　宝宝跑到小巷口，
蓝蓝宝石铺地上，　　花骨朵儿等着我，
密密森林围作墙。　　风铃之国真辽阔！
画眉鸟儿不撒谎，　　小小鸫鸟啁啾叫，
风铃草才是国王！　　满满一抱风铃草，
铛铛敲响小蓝钟，　　春天还往哪里跑！

三色堇花仙子之歌

青青园中堇堇菜，　　布谷鸟儿不种田，
斑斓蝴蝶寻亲来。　　蜗牛有角不耕园。
我是三色堇兄弟，　　跟着园丁转一转，
仙子们哪别忘记！　　才能找到堇花仙。

酢浆草花仙子之歌

平地起高塔，　　凤凰尾巴草，
乔木没烟霞。　　蕨菜执长矛。
小草处处家，　　小小酢浆草，
尘埃里开花。　　花仙手心宝。

山楂花仙子之歌

谁是五月小花仙?
山楂宝宝是首选。
花骨朵儿抱成团,
一个暖暖小摇篮,
盖着茸茸白花毯。

我要送去魔法冠,
再捎一只蜂蜜罐。
五月过完是夏天,
花儿满山风也甜,
我们山楂树下见!

黄花九轮草花仙子之歌

四月鸣布谷,	天苍野茫茫,	立夏草木深,
家家修苗圃。	阳光如蜜淌。	哞哞牛成群;
五月飞云雀,	一群小山羊,	小小翡翠国,
呖呖搭巢穴。	九轮草花黄。	黄花就是我!

黄水仙花仙子之歌

有谁不爱水仙花，
我的花袍人人夸。
乌鸫椋鸟叫喳喳，
一树花开密匝匝。
春天号角已吹响，
精灵邀我大合唱。
孩子个个在张望，
黄水仙呀快登场！

白星海芋花仙子之歌

美妙花园下午茶，　　马蹄莲，姐妹花，
精灵请来海芋花。　　小小温室中长大。
毛地黄上挂小钟，　　我却漂泊到海崖，
玫瑰杯中露水重。　　一顶小帽走天下。
王公大臣来相邀，　　冥冥海岛有花妖，
狐狸戴上小手套。　　一束火苗做花苞。
叮叮当当花铃响，　　捧出烁烁红浆果，
白星海芋来登场。　　小小精灵远远躲！

夏天的花仙子

Flower Fairies of the Summer

SUMMER

序诗

春天走了，夏天来了！

春天小可爱，
转瞬就跑开。
她怕太阳晒，
不肯留下来。

春天要离开，
呼唤夏天来：
你来代替我，
统治这王国！

大地真热闹，
夏天女王到！
太阳热似火，
万花丛中坐。

罂粟花仙子之歌

五月南风吹呀吹，
麦苗青青鸟儿飞。
嘀哩嘀哩嘀哩哩，
罂粟地里云雀啼。

又是一年麦儿黄，
稻草人儿来帮忙。
一边赶鸟一边唱，
小鸟小鸟别偷粮。

大麦小麦收完啦，
乌鸦呱呱要回家。
我是小小罂粟花，
为你举起小火把。

毛茛花仙子之歌

夏日精灵野餐会，　　小花猫呀找呀找，
一地玲珑奶油杯。　　毛茛花儿微微笑。
月牙弯弯要休息，　　奶油杯子挂高高，
小小花杯藏哪里？　　小小猫儿够不着！

石楠花仙子之歌

嗨，小小石楠花，　　我来啦，我来啦！
你到底在哪儿呀？　　噼噼啪啪小脚丫，
白天从东跑到西，　　我是沼泽小当家。
夏天沼泽换新衣！　　荒原开遍石楠花，
晚上从西跑到东，　　紫花苞儿到处撒，
仙子穿过石楠丛！　　小小精灵当属它！

牛角花仙子之歌

我有一双红舞鞋，
又似烈焰又似蝶！
有人说它像鸟脚，
叫我鸟足三叶草。
有人唤我培根蛋，
小小花冠黄灿灿。
还有一堆小绰号，
宝宝听了笑弯腰：
贵妇人的小拖鞋，
布谷鸟的长筒袜。
我的豆荚像鸟爪，
蚱蜢唧唧把它夸。
蹦蹦跳跳像团火，
牛角花儿就是我！

老鹳草花仙子之歌

小小机灵鬼，　　他是老鹳草，
花如天竺葵，　　趴在墙头笑。
果实像鸟嘴，　　爱在河边跑，
猜猜他是谁？　　好似小火苗。

白花三叶草花仙子之歌

三叶草地是我家，
我是小小苜蓿花。

绿宝石岛浪哗哗，
野蜂飞舞夕阳下。

小蜜蜂，快来吧，
喝杯甜甜花草茶！

金银花仙子之歌

一座精灵小城堡，　　精灵吹响小喇叭，
小路弯弯墙儿高。　　喊来小蜜蜂一家。
墙上花开似瀑布，　　金花银花双生花，
又似白鹭齐飞舞。　　酿成蜂蜜顶呱呱。
谁在鸳鸯花下住？　　金号角，银号角，
吹起小号嘟嘟嘟。　　不如金银花号角！

029

龙葵花仙子之歌

龙葵果儿黑乎乎，
白英藤儿甜又苦。
小小鸟儿绕远路，
黄蜂不来打招呼。
一群精灵见了我，
慌慌张张树上躲！

大矢车菊花仙子之歌

小宝宝呀要知道，
我可不是蓟蓟草。
蓟蓟草呀刺多多，
矢车菊花才是我。

花儿就像小风车，
石灰路上哼着歌。
咕噜咕噜转呀转，
我们明天早上见！

勿忘我花仙子之歌

勿忘我，勿忘我，
瓦蓝瓦蓝小花朵，
花儿躲在小草窝。

大姐姐们住河边，
微微笑，排排站，
小小花园不孤单。

我是一个小不点，
从小长在小路边，
愿你把我记心间！

毛地黄花仙子之歌

毛地黄呀眼睛亮，
瞧见什么好地方？
绿荫浓浓黄蜂胖，
小小花仙酿蜜忙！

毛地黄呀腿儿长，
去过什么好地方？
一群月光小精灵，
穿过蕨菜去旅行。

蛋黄草花仙子之歌

小小嘴巴龙口花，
金鱼草儿摇尾巴。
一只蛤蟆呱呱呱，
兔兔鼻子开了花。

柳条穿鱼黄灿灿，
云兰有角帽尖尖。
龙头草，跑上山，
狮子花儿扮鬼脸。

小小外号满天飞，
蛋黄草儿会是谁？

红花琉璃繁缕花仙子之歌

琉璃繁缕花，
宛若红花侠！
田间小小草，
天气早早报。

明天有雨下？
问问繁缕花！
繁缕不开花，
牧人待在家。

富人看天气，
墙上温度计；
路边繁缕草，
穷人晴雨表！

蓍草花仙子之歌

蓝蓝风铃国，
茸茸小草窝。
蓍草花宝宝，
藏在小犄角。

小小精灵宫，
灯笼照草丛。
不见蓍草影，
谁知它影踪？

风铃花仙子之歌

小精灵，听一听，
谁人摇响小风铃？
风融融，水淙淙，
叮咚叮咚草丛中。

小月牙儿做摇篮，
小星星呀睡得甜。
大地捧出小露珠，
精灵跳起圈圈舞。

风铃花儿叮叮咚，
小鸟宝宝齐入梦。
醒来不见林中路，
铃儿响遍小山谷。

番莲花仙子之歌

有个小小旅行家，　　告别缥缈海中岛，
乘船漂泊到海涯。　　少年回家路遥遥。
我要搭起小花棚，　　我要点亮小花灯，
为你遮荫又挡风。　　举起灯儿照归程。
歇歇脚呀再出发，　　番莲花儿笑依依，
一路好运番莲花！　　花下谁人在等你。

野蔷薇花仙子之歌

英格兰岛藏宝藏，　　亲亲花儿小脸庞。
蔷薇花儿是女王。　　叽叽喳喳小鸫鹩，
精灵之国在何方？　　邀来红胸知更鸟，
小小鸟儿引路忙。　　跟着快乐小小鸟，
六月风儿来拜访，　　一路找到蔷薇岛。

轮峰菊花仙子之歌

精灵针线包，
个个少不了。
轮峰菊手巧，
缝顶小花帽。

蝴蝶来相邀，
玩闹魔法堡。
趁着月色好，
赶件小仙袍。

玫瑰花仙子之歌

谁能说尽玫瑰花？
小小花仙有魔法。
白白云朵卷一卷，
层层叠叠做花瓣。
小小蜜蜂追呀追，
赶上六月红玫瑰。
粉玫瑰呀怎能忘，
变成甜甜棉花糖，
玫瑰仙子有奖赏！

九里光花仙子之歌

夏天夏天别走远，
九里光还没开完。
花儿有个小秘密，
金币藏在草丛里。

不怕白昼渐渐短，
九里光呀开不完。
多少糖果小罐罐，
等着鸟儿来发现。

秋天的花仙子

Flower Fairies of the Autumn

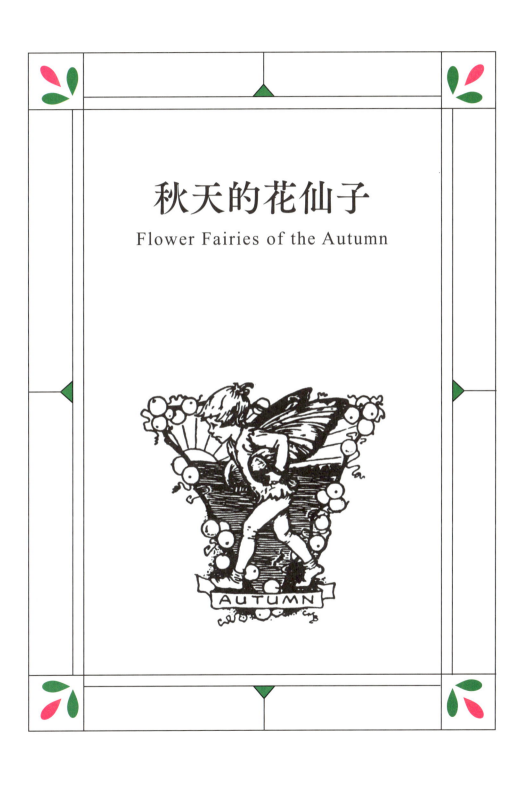

浆果女王

小小仙女王，
端坐宝座上。
太阳加冠冕，
葡萄镶美钻。

一面宝石墙，
浆果簇簇长。
彩云做衣裳，
泻根当魔杖。

夏天成过往，
灯笼果儿黄。
猜猜精灵宫，
何时挂灯笼？

SEE ABOVE THE FAIRY'S
HEAD. GUELDER-ROSE'S
BERRIES RED.

花楸果仙子之歌

白云生处有人家，
家家门前楸树花。
小小精灵变魔法，
树下飞来小白马。

一片树叶变马车，
乌鸫一家来做客。
小鸟宝宝爱浆果，
喊喊喳喳唱儿歌。

远看一棵花楸树，
红红果儿似珊瑚；
近瞧一座糖果屋，
鸟儿找到珍宝珠。

蒲菊花仙子之歌

红蝴蝶，红蝴蝶，
请你过来歇一歇！
蒲菊花开一瓣瓣，
采呀采呀采不完！
快来这里晒太阳，
晾晾你的小翅膀！

小雏菊，小雏菊，
谢谢你的好主意！
花仙子们真和气。
这是一块魔法地，
流着牛奶和蜂蜜，
我的兄弟也能去？

小蝴蝶，小蝴蝶，
请你兄弟一起来！
九月精灵节又到，
尝尝我的菊花糕！
风儿飘飘叶儿摇，
欢迎来到精灵堡！

绵毛荚蒾花仙子之歌

我是荚蒾小宝宝，　　一个星期四早晨，　　小小斗篷最配他，
名字唤作小灰帽。　　荚蒾宝宝出了门。　　一双靴子像飞马。
山苍苍啊水长长，　　原来他要去旅行，　　带上红红小浆果，
我的心儿在路上。　　寻找仙境小精灵。　　我们去找花仙国！

女贞树果仙子之歌

女贞树，望呀望，
田野茫茫小路长。
自由就像风一样，
一堵篱墙怎能挡？
哦，花园女贞树，
呆呆守望石子路，
个儿小小圆嘟嘟，
快快跟上我脚步！

接骨木果仙子之歌

一群山雀啄啄啄，　　小小蜗牛爬呀爬，
接骨木有魔法果。　　蛞蝓没脚走天下。
嗨嗨！小宝宝——　　鸟儿排队拉呀拉，
你们有没有看到，　　采起果儿飞回家，
一只调皮画眉鸟？　　谁也没有瞧见它！

野蔷薇瘿瘤仙子之歌

淘气虫是谁？
问问野蔷薇。
虫虫恶作剧，
躲进花枝底。

茸茸毛小包，
粘得牢又牢。
谁在小树梢，
点着小火苗？

花儿吓一跳，
探出头来瞧。
原是知更鸟，
衔来针线包。

橡果仙子之歌

橡树爷爷最善良，　　藏在小小橡子里。

英格兰人有榜样。　　一粒种子一捧泥，

高高树干做船桨，　　郁郁森林遍大地。

小小橡子当鸟粮。　　千年城堡抵不过，

精灵有个小秘密，　　一颗小小橡树果。

野蔷薇果仙子之歌

早上露珠清凉凉，
夜里飘雾白茫茫。
谁的心儿像月亮，
一盏明灯挂天上。

黑莓果儿汁多多，
一点果汁一点墨。
哦，红红蔷薇果，
就像大地一把火。

秋来大地一片霜，
自由人儿爱流浪。
爬上树篱唱呀唱，
小小愿望谁能挡？

山茱萸仙子之歌

一个小小弓箭手，
天天守在小路口。
高高举起小火炬，
行人纷纷都离去，
有谁记得山茱萸？

精灵拿起魔法笔，
秋色离离染大地。
一半黄铜一半绿，
粒粒茱萸红似玉，
找找精灵藏哪里？

龙葵果仙子之歌

龙葵闪荧光，
满地浆果糖。
彩色豆豆糖，
甜过枫糖浆！
小小精灵王，
尝尝龙葵糖？

精灵摇摇头，
谁不快溜走——
我们不想尝！
决不上你当！

花仙宝宝国，
个个爱浆果。
不花一分钱，
谁来尝尝鲜？
只要尝一尝，
国王也难忘！

善良小花仙，
急忙齐声喊：
宝宝别上当，
千万不要尝！

山毛榉坚果仙子之歌

山毛榉高高个儿，
一天到晚乐呵呵。
秋天叶子躲猫猫，
到了春天才找到。

山毛榉有魔法杖，
绿叶变成小手掌。
拍拍手呀唱唱歌，
哗啦啦啦真快乐！

有个精灵小淘气，
榉树底下玩游戏。
吧嗒吧嗒砸呀砸，
小小坚果落一地。

黑莓仙子之歌

黝亮黝亮小黑莓，
蓝蓝山雀团团围。

叶儿就像小刺猬，
猫爪藤儿爬一堆。

一群孩子采黑莓，
小手染得如墨黑。

树上精灵哈哈笑，
个个成了大花猫！

宝宝做好黑莓酱，
甜甜果酱是奖赏。

马栗仙子之歌

七叶树林间，
马栗刺儿尖。
宝宝站一圈，
个个仰起脸。
小小坚果亮，
国王藏宝箱。
密密高高墙，
精灵来站岗。

咿呀小宝宝，
果子够不着。
小棍敲呀敲，
石子抛呀抛。
精灵逃不了，
乖乖来求饶。
轻轻摇一摇，
栗子满地跑！

山楂果仙子之歌

小小山楂真可爱，
林中探出小脑袋。
酸酸甜甜小不点，
孩子守在山楂园。

果儿落地响咚咚，
山楂喊来小乌鸦。
孩子们呀快来捡，
晚上一起做果冻！

留下一颗小山楂，
煮一煮，拌一拌。
橡子来做果酱碗，
我要装上四五罐。

盖儿拧得严又严，
把它锁在柜里边。
柜子藏在小树下，
你们谁能发现它？

白泻根仙子之歌

太阳爬上小山岗，　　海底珊瑚红殷殷，
一树火红一树黄。　　山中翡翠绿沉沉。
花仙穿起小浆果，　　谁能装扮仙女裙？
仙女项链挂树上。　　不及小小白泻根。

黑泻根仙子之歌

绿叶红浆果，　　九月浆果节，
黄花小旋涡。　　玲珑十里街。
小小黑泻根，　　穿上精灵靴，
藤上果沉沉。　　齐齐来采撷！

黑刺李仙子之歌

四月小淘气，
莫过黑刺李！
爬上小树篱，
星星洒满地。
一颗小星星，
一粒黑刺李。

李子如黑钻，
果霜靛靛蓝。
秋风瑟瑟寒，
李子苦又酸。
冬日炉火边，
摇身小蜜罐！

山楂树仙子之歌

五月山楂花似雪，　　只只乌鸫绕树丛。
云雀啼啭不停歇。　　半酸半甜小山楂，
六月看花花不在，　　小鸟宝宝最爱它。
花儿何时会再开？　　大雪纷飞都不怕，
十月果子满山红，　　小小红果藏树下。

榛子仙子之歌

小小榛子长得慢，
精灵天天忙照看。
秋风一扫果子熟，
我要告诉小松鼠，
这里有座小仓库。
好心肠的小松鼠，
你可千万要记住，
五子雀爱榛子树！

我要告诉五子雀：
雀儿请您看一看，
一树榛子随你选，
嗑开就能吃大餐，
但给孩子留一点！

我要告诉孩子们：
欢迎来到榛子园！
小小口袋装满满，
但是千万别采完，
也给别人留一点！

冬天的花仙子

Flower Fairies of the Winter

野芋麻花仙子之歌

一棵野芋麻，
从小离开家。
大路雨哗哗，
从来不惧怕；
小路狂风刮，
节节开满花。
坐在大路边，
故事听不完。

徐徐一斗烟，
海上过千帆。
野麻不生刺，
一杆花旗帜。
黄袍与白衣，
兄弟不分离。

芋麻故事已讲完，
挥挥小手说再见。

野生铁线莲花仙子之歌

一群精灵团团抱，
铁线莲里藏猫猫。
小小种子蓬松松，
小小床儿毛茸茸。
蹑手蹑脚爬上床，
道声晚安入梦乡。

荠菜花仙子之歌

人们都说荠菜穷，
他可是个大富翁。
一只钱袋十粒种，
粒粒藏在爱心中。

精灵打开小钱袋，
万千种子撒出来。
一场春雨生绿苔，
满山遍野荠花白。

傻瓜钱包圆鼓鼓，
一只蛤蟆咕咕咕。
金子叮当响不停，
银子晃晃耀眼睛，
要是把它种下去，
荒废不止一亩地。

金子、银子开不了花，
快快把荠菜籽给我吧！

松树仙子之歌

亭亭松树我的家，
绿荫浓浓真挺拔。
一只小小红松鼠，
松果采集忙碌碌。

小小松果高高挂，
绿叶如针果似塔。
小小松子藏宝塔，
不知不觉就长大。

精灵抛下小松塔，
松鼠把它藏树下。
小松塔藏在哪儿？
我也想去找到它！

黄杨仙子之歌

黄杨天生爱荒野，
小小世界谁能解？
谁愿住在大花园，
修枝剪丫躲墙边？
一排树篱乖又乖，
可爱但是很奇怪。

不修不剪不搞怪，
活得自由又自在。
花儿盛开花儿败，
自有上天来安排。
一圈一圈金花环，
黄杨树也有春天。

还有一只蓝山雀，
一蹦一跳穿树叶。

牛蒡花仙子之歌

牛蒡是个小刺头，
小小刺儿长满头。
你们可要当心喽！
小小黑刺真棘手。
裙子袜子和衣角，
沾上它就跑不掉！

牛蒡听罢笑弯腰，
想要逃开我的刺，
你们大可试一试！
不怕你们来回摇，
也不怕谁来唠叨，
不管你到哪里去，
我都紧紧粘着你！

榛子树仙子之歌

榛子树开花，
羊羔摇尾巴。
小手摆一摆，
召唤叶子来。

羊羔尾巴下，
簇簇小红花。
秋风榛子熟，
忙坏小松鼠。

树林空寂寂，
精灵来相聚。
捎来好消息，
齐喊"春风起"。

灯心草和羊胡子草仙子之歌

一群沼泽小精灵，
芦花深处如风行。
羊胡子草轻盈盈，
灯心草是小机灵，
记起路来第一名。

跟紧我们的脚步，
穿过暗幽幽小路。
不慌不忙过泥沼，
水草茂茂藏小鸟，
小小精灵有妙招。

我们举着小路标，
灯心草儿把手招，
羊胡子草点头笑，
一路走来好热闹，
泥沼这就不见了。

凌风草仙子之歌

风儿吹着小树梢，　　摇呀摇，跳呀跳！
小小树梢摇呀摇。　　花仙藏在凌风草，
盛情邀请凌风草，　　小小舞步轻悄悄，
一起摇摆轻袅袅。　　一转眼就不见了。

紫杉仙子之歌

紫杉树是老爷爷，　　　爷爷像个不倒翁，　　　谁是当年小英雄，
见过辽阔大世界。　　　走起路来慢腾腾。　　　身背一张紫杉弓。
颗颗饱满粒粒红，　　　百年时间快匆匆，　　　风声猎猎树苍苍，
浆果摇曳针叶丛。　　　悠悠仿若在梦中。　　　大树爷爷故事长。

斑叶阿若母仙子之歌

花仙子们别恼怒，
要是你们跳完舞，
找不着回家之路，
灌木丛里黑乎乎，
我会燃起小蜡烛！
小小烛火一簇簇，
我是斑叶阿若母，
梦里小路我守护。

黑刺李花仙子之歌

春风拂面呼呼笑，　　四月山中花玲珑，
黑刺李树醒得早。　　宛若雪落灌木丛。
风儿摇醒小树梢，　　仙子挥挥魔法棒，
三月到了快打苞。　　借得繁星一缕光。

迎春花仙子之歌

悠悠一夏我长大，
只见绿叶不见花。
夏天一过秋风急，
落叶沙沙风习习。
三九寒天灰黯黯，
谁是快乐小花仙？
北风呼呼吹小号，
十二月里雪花飘。
小小霜花树上挂，
太阳出来不见啦。
快来看，快来看，
迎春花儿爬墙垣！
燕子飞到海对岸，
知更鸟，好伙伴，
一起留下过冬天。
小小黄花爬高高，
小小山雀跳呀跳。
"加油啊！小宝宝，
第一个把春来报！"

千里光花仙子之歌

小鸟们爱买东西，
常到小小的市集，
枚枚金币花这里。
甜蜜蜜樱桃多少钱，
肥嘟嘟虫子当大餐，
他们最爱千里光，
和我们可不一样。

若不爱，那就不要买；
若喜爱，早早买回来。
小鸟们就这样做买卖。

悬铃木仙子之歌

悬铃木啊藏哪里？　　找呀找呀别懊恼，　　黄叶飘飘又一秋，
寻遍森林无踪迹。　　抬起头来瞧一瞧，　　树上挂满灯笼球。
公园周边碰运气，　　小小果球圆溜溜，　　精灵提着小灯笼，
半路遇见真神奇。　　在你头上晃悠悠！　　站在枝头等春风。

纺锤草果仙子之歌

纺锤草儿有魔法，　　哗哗落入小院中。
果儿裂开变火花。　　乖乖睡，乖乖睡！
一树火花玫瑰红，　　摇篮歌儿满天飞。
落日融融灌木丛。　　纺锤果儿红灯笼，
风儿摇着小草种，　　盏盏灯笼照花丛。

冬青树仙子之歌

小小冬青绿莹莹，　　一年一度欢乐颂，　　红红宝石做皇冠，
我是冬天小精灵。　　我又钻入人群中。　　精灵之国乐无边。
红红玛瑙做王冠，　　小孩子们齐欢唱，　　谁似红果小冬青，
森林王国齐声叹。　　歌声袅袅传四方。　　快快乐乐小精灵？

雪莲花仙子之歌

冬天是个小摇篮，
风儿摇着小雪莲。
天上云儿做斗篷，
地上雪毡毛茸茸。
一群山雀齐喝彩，
二月花仙踏雪来。
雪莲做着甜甜梦，
安安静静待春风。

枞树仙子之歌

枞树家藏在哪儿？
星辉斑斓天之涯。
猜猜它开什么花？
花儿朵朵若宝塔。
万紫千红不见它，
只有枞果满枝丫。

一棵孤单小枞树，
住在遥远小山谷。
我们把你请进屋，
挂上小球圆鼓鼓。
点起蜡烛跳起舞，
变身闪闪圣诞树！

精灵马车亮晶晶，
驮着孩子入梦境。
小小花仙玩游戏，
枞树变成滑滑梯。
滑呀滑呀到树下，
小小精灵魔法家。

冬菟葵花仙子之歌

大地妈妈把我抱，　　有人怪我醒太早，　　连滚带爬笑哈哈，
我是菟葵小宝宝。　　世界太大你太小，　　露出圆圆小脑瓜，
小鸟叽叽喳喳叫，　　乖宝宝呀乖宝宝，　　看呀我在这里呀！
谁呀醒得这么早？　　快快回去睡觉觉。　　大地宽宽天高高，
春天真有那么好？　　春天一到真热闹，　　我向春天问个好，
我去外头瞧一瞧。　　我可不想躲猫猫。　　春天把我抱一抱。

花园里的花仙子

Flower Fairies in the Garden

花仙子在哪里？

小小花仙在哪里？
个个无踪又无迹。
看啊那是仙女环，
脚印变成蘑菇圈。

小小精灵跳起舞，
踩着朵朵小蘑菇。
小小云雀飞高高，
请帮我们找一找！

这是一个小秘密，
有没有人告诉你？
小花仙生花丛里，
淘气精灵有天地！

不必骑马去找她，
无须划船闯天涯。
只要大地开满花，
那里就是我的家！

绵枣花仙子之歌

小小绵枣小花仙，　　　夏天夏天快来看，　　　蓝精灵们有法宝，
你为什么这么蓝？　　　蓝蓝天空谁来染？　　　奥妙藏在小绵枣。
小小精灵偷偷笑，　　　浪花浪花快快开，　　　天蓝蓝啊海蓝蓝，
哪个知道小奥妙？　　　看看美丽春之海。　　　不如绵枣花儿靛！

西洋樱草和
葡萄风信子花仙子之歌

小小风信子你好！
嘟噜嘟噜像葡萄，
你的花儿真奇妙！
小小樱草你也好！
一根花秆举高高，
小小彩旗飘呀飘！
风信子呀谢谢你！
今天我有好消息。

樱草我的好邻居，
听到什么好消息？
小鸟嘀哩嘀哩哩，
春天就要到这里！
风信子呀搭宝塔，
小小宝塔开了花，
花儿铃铛塔上挂，
我在这儿等着她。

吊钟花仙子之歌

钟楼高高影长长，
大钟铛铛响亮亮。
吊钟花呀吊钟花，
夏日悠悠快开花！
花宝宝们在玩耍，
大钟说了什么话？
宝宝戴着小红帽，
告诉我们好不好？

大笨钟啊响嗡嗡，
它的话儿我不懂。
我的小钟紫彤彤，
叮咚叮咚敲一通。
吊钟花，吊钟花，
夏天到啦快开花！
你们能不能听清，
小花仙们丁零零？

勿忘草仙子之歌

亲亲花仙小宝宝，
他在哪里睡觉觉？
小小翅膀飞不高，
我去花园找一找。
小小精灵做睡袍，
一角蓝天当布料，

做成袍儿真小巧。
我们偷偷瞧一瞧，
配上粉花俏不俏？
不吵不闹眯眯笑，
藏在勿忘我怀抱，
真是一个乖宝宝！

小小花园静悄悄，
小小摇篮摇啊摇。
勿忘我，小小草，
小小草儿忘不了。
穿上蓝蓝小花袍，
宝宝乖乖睡觉觉！

石竹花仙子之歌

蒙蒙天儿刚刚亮，
小小鸟儿在梦乡。
夏天云儿去远航，
花仙子们在何方？
小小月牙天上望，
大大树下好乘凉。
萤火虫儿捉迷藏，
小精灵们忙不忙？

忙蹬一双魔法鞋，
找到花园小巢穴。
悄悄溜进石竹丛，
发现精灵花丛中。
风儿酣睡鸟儿眠，
花仙忙得团团转。

咔嚓咔嚓剪花瓣，
层层叠叠小花边。
单瓣花，重瓣花，
红红白白石竹花。
小小剪刀有魔法，
剪出朵朵小绒花。

矢车菊花仙子之歌

矢车菊，小花仙，
一片麦田做摇篮。
红罂粟，小玩伴，
野花田里四处窜。
各路花仙齐相聚，
精灵邀来矢车菊。
从头到脚蓝晶晶，
宛若夏日蓝精灵。
玫瑰爬满小树篱，
百合花儿亲密密。
可我怎能忘记她，
麦田里的罂粟花。

小长春花仙子之歌

春之时钟响当当，
长春花儿闯四方。
灌木丛里阴凉凉，
谁在灌木丛里藏？
真是一个小淘气，
小小脚丫跑大地。
一年开出三万花，
蓝蓝花儿遍天下。
哦，小小长春花！
我们怎能不爱它？

虞美人花仙子之歌

一群虞美人，
绯红百褶裙。
小小胡椒罐，
种子装满满。
请来小花仙，
画个魔法圈。

种子撒麦田，
大地变摇篮。
春山美如黛，
风儿吹裙摆。
飘飘仙子来，
美人花儿开。

花裙褶褶边，
浪花一卷卷。
摇摇种子罐，
撒向麦田边。
睡吧小精灵，
春天早早醒。

郁金香花仙子之歌

郁金香宝宝，
宛如火烈鸟。
颜色知多少，
谁人能画描？
花杯高高脚，
精灵来打造。

光之小宝宝，
举起大花苞。
小手招呀招，
闪耀似火苗。
漂泊到海角，
照亮一座岛。

远远海那边，
有场欢乐宴。
坐上荷兰船，
摇到英格兰。
欢迎新伙伴，
加入大花园！

天竺葵花仙子之歌

天竺葵，似朱砂，　　　大坛坛，小罐罐，
一团火苗红头发。　　　她不挑来也不拣，
世上所有小花花，　　　花儿撑开红伞伞，
没有一朵红胜她！　　　人儿远远就看见。

龙口花仙子之歌

小花蜜藏在哪儿？
大黄蜂啊爬呀爬，
爬进小小龙口花，
天不怕，地不怕，
甜甜蜂蜜在等它。
龙口花，龙口花，
啪地合上龙嘴巴，
大黄蜂，不见啦——
怎能逃出这朵花？
慢慢悠悠往回爬。

飞了一圈又一圈，
一天到晚乐颠颠。
大黄蜂啊不偷懒，
朵朵花儿跑个遍。
采呀采呀不得闲，
蜂蜜袋袋装满满。
大黄蜂啊胆子大，
龙口花儿不可怕。
小小精灵笑哈哈，
夸他是个小行家！

屈曲花仙子之歌

有人唤它蜂室花，　　　　屈曲花开一蓬蓬，
嗡嗡蜜蜂不回家。　　　　雪花团扇送凉风。
小小精灵开玩笑，　　　　卷卷曲曲小花瓣，
还有别名糖果草。　　　　藏着一个小糖罐？
甜甜糖果哪里找，　　　　打开花苞找呀找，
小小秘密谁知道？　　　　一块糖也找不着！

天人菊花仙子之歌

花园有个小邻居，
小小火炬高高举。
它的名字真难猜，
小小孩童发了呆，
你们有谁猜出来？

它的大名天人菊，
你说稀奇不稀奇？
红红黄黄小花瓣，
手拉手呀围个圈，
一轮太阳落下山。

天上落下黄金盘，
变成大地菊花盏。
孩子唤它落日花，
落日花开夕阳下，
小小太阳带回家！

薰衣草花仙子之歌

滴滴嘟，滴滴嘟，
小花仙们闻声舞。
薰衣草，摇啊摇，
蝶儿飞，蜂儿绕。
滴滴嘟，滴滴嘟，
小小草儿绿袍袍，
蓝蓝帽儿尖尖角。

滴滴答，滴滴答，
小草熏香小手帕；
滴滴答，滴滴答，
小草熏香我的家。
洗洗干净放放好，
精灵最爱乖宝宝。

天芥菜花仙子之歌

小小精灵去野餐，　　小精灵的樱桃饼。
天芥花瓣做甜点。　　饼儿甜，饼儿香，
太阳底下烤一烤，　　丁香花也比不上。
下午茶点已备好。　　小小精灵来邀请，
软乎乎，紫莹莹，　　尝尝我的樱桃饼！

香豌豆花仙子之歌

香香豌豆须儿卷，
小小藤儿爬得远，
爬呀爬满小花园，
豆豆花儿爱夏天。
豆荚弯弯似小船，
小小豆子装得满。
豆儿扁，豆儿圆，
但它不能做糕点。
豆豆花，香又软，
精灵采来做花边。
小花帽，粉灿灿，
最配红红小脸蛋。
试一试，好不好？
小宝宝戴大花帽。
花童帽，娇又俏，
仙子姐姐手真巧！

草夹竹桃花仙子之歌

最爱花园八月天，
夹竹桃花正烂漫。
一支圆舞迎夏天，
穿上裙子转个圈。

小小花裙谁来染？
绛红雪白真好看。
葡萄紫，樱桃红，
染上石竹粉彤彤。

花仙花仙我问你，
哪种颜色最美丽？
小小精灵笑眯眯，
花不迷人人自迷！

水仙花仙子之歌

北风咻咻吹一宿，
小小水仙谁来救？
大地妈妈把她留，
深深藏起水仙球。

远远山上雪皑皑，
小小花儿静静待。
黑夜尽头日光白，
一地青苔水仙开。

告别凛凛二月风，
三月花开一蓬蓬。
精灵唱起欢乐颂，
春分时节万物生。

金盏花仙子之歌

太阳宫殿真辉煌，　　我把种子来播散，　　我是花儿爱太阳，
黄金马车精灵王。　　来年变出黄金盏。　　从早到晚朝你望。
只要给我一线光，　　只只金盏明闪闪，　　日落西山夜茫茫，
金盏花儿就发亮。　　阳光盛得满又满。　　请你洒下万丈光！

树林里的花仙子

Flower Fairies in the Woods

抬起头，看一看！

抬头看呀看！　　精灵做甜点。
柳絮飞满天，　　采秋一整天，
树叶如风帆。　　小鸟来做伴；
秋叶黄灿灿，　　抬头找找看，
果儿亮闪闪，　　谁藏树梢间？

梨树仙子之歌

唱吧，黑鸫鸟！　　一树梨花一树雪，　　搭呀搭，搭鸟窝，
唱吧，画眉鸟！　　鸟儿唧唧搭巢穴。　　燕雀窝儿真暖和。
喁啾喁啾歌不停，　看呀看呀小花朵，　　小鹡鸰，知更鸟，
小星星们眨眼睛，　结出颗颗青果果。　　鸟儿快快垒好巢，
"嘘——　　　　　青青果儿排排坐，　　鸟妈妈，乖乖坐，
鸟宝宝，快睡吧。"　变成精灵小糖果。　　安安静静抱窝窝。

樱桃树仙子之歌

小孩子爱樱桃果，　　小鸟宝宝爱果园，
乌鸫鸟儿糖果多。　　园里藏着小蜜罐。
精灵爬到大树顶，　　谁是林中幸运星？
那里樱桃水灵灵！　　樱桃树上小精灵。

白桦树仙子之歌

白桦树小小，　　精灵描一描，　　夏花一穗穗，　　小手也不放，
一身银银袄。　　画下小线条，　　绒绒处处飞。　　白桦真坚强。
皎皎月光袍，　　做个小记号，　　秋叶渐渐黄，　　一点不慌张，
袍儿轻飘飘。　　宝宝忘不了。　　风儿摇摇晃，　　秋千轻轻荡。

杏花仙子之歌

林中花赛跑，
哪一个先到？
小小杜鹃鸟，
你们可知晓？
杏花第一名，
最早到树林。
借来樱桃粉，
染红天上云。

野樱桃花仙子之歌

小小可爱野樱桃，
树上有座精灵堡。
四月鸟儿咕咕叫，
叫醒一树小花苞。
报春花儿遍地黄，
紫罗兰儿一路香。
哦，小小樱桃树！
花儿似雪铺满路，
叶儿像手粉嘟嘟，
小小手儿挥一挥，
远远迢迢把你追。

柳树仙子之歌

池塘清凌凌，　　小河水潺潺，　　小鲤鱼的家，
斜斜柳树影。　　鱼儿做玩伴。　　正在柳荫下。
脚尖轻盈盈，　　一群小刺鱼，　　柳条小脚丫，
水岸小精灵。　　游来又游去。　　陪它玩水花。

酸橙树仙子之歌

小小橙花开，　　快乐就像糖，　　有啊有一天，　　蜜蜂快快来！
蜜蜂快快来！　　一齐来分享！　　橙子坐上船，　　花儿等你采。
酸橙花儿香，　　花蜜藏花蕊，　　树叶小小帆，　　蜜糖树上挂，
请你尝一尝！　　珍珠一粒粒。　　水上漂老远。　　尝尝酸橙花。

绣球花仙子之歌

雪球花，绣球花，
一对荚蒾姊妹花。
姐姐花园安下家，
小娃娃们都爱它！

妹妹徜徉在田园，
小小花冠不起眼。
默默开花谁看见，
小小绣球孤单单。

雪球花儿一团团，
秋风一吹就飞散。
绣球花儿小不点，
红宝石果光璨璨。

山毛榉树仙子之歌

山毛榉大树，　　树干灰扑扑，　　绿叶摇大旗，　　大地夜沉沉，
有座精灵屋。　　一根大石柱；　　春风吹徐徐。　　谁是守夜人？
白云当屋顶，　　苔藓软绵绵，　　花开黄澄澄，　　提着小灯笼，
日月做明灯。　　轻盈小摇篮。　　树树挂花灯。　　站在黑暗中。

梧桐木仙子之歌

梧桐木上挂铃铛，　　一对红来一对黄，
风儿一吹叮叮响。　　飞向大地找温床。
扑闪扑闪小翅膀，　　落到哪里都不怕，
小小种子爱飞翔。　　小小种子自有家。

接骨木花仙子之歌

白天渐渐长，
树影清凉凉。
正午阳光大，
接骨木着花。
潺潺小溪边，
浓浓树荫下，
精灵下午茶。
奶油花边边，
夏日好香甜。

榆树仙子之歌

看呀榆树一行行，
盛夏荫凉秋叶黄。
遥遥望着田野上，
一匹驽马耕地忙，
奶牛哞哞庄稼长。
树上有个小精灵，
他在竖起耳朵听。
远处钟声当当当，
啾啾云雀林间唱，
男孩口哨真响亮，
一只小狗汪汪汪，
咩咩叫的是羔羊。
一群秃鼻小乌鸦，
把窝垒在大树丫。
只要太阳一落下，
呱呱叫着飞回家。

桑果仙子之歌

小小桑果甜又甜，　　桑果甜，桑果酸，
桑树底下打转转。　　小小精灵最会选。
桑树细，桑树低，　　绕着桑树跑一圈，
桑果宝宝在哪里？　　变成桑果紫灿灿。
小小童年真快乐，　　偷偷藏在桑树间，
这支儿歌谁记得？　　肚皮吃得溜溜圆。

灰树仙子之歌

灰树枝丫光滑滑，　　小小精灵施魔法，　　落叶沙沙秋风起，
春来黝黝发新芽。　　大树变成她的家。　　灰树林中沉寂寂。
层层叠叠有如画，　　小小种子变钥匙，　　小小钥匙一枚枚，
绿阴浓浓过长夏。　　串串钥匙高高挂。　　藏着多少小秘密。

杨树花仙子之歌

杨花一蓬蓬，
雪花毛茸茸。
种子扑簌簌，
一树白流苏。
精灵闹哄哄，
藏在杨花丛。
噗噗吹一吹，
飞到街巷尾。
快来猜一猜，
谁把垫子塞？
枕头软又柔，
什么藏里头？
精灵噗噗吹，
杨花呼呼飞。

丁香花仙子之歌

白山楂，红山楂，
树儿开花闹喳喳。
金链树，开金花，
黄金雨儿不停下。

小小丁香不吭声，
星星点点惹人疼。
精灵点亮小花灯，
一树花开到天明。

五月满城紫丁香，
又香又甜似蜜糖。
请来花仙尝一尝，
丁香饼儿最难忘。

金雨花仙子之歌

金雨金雨花，
金雨哗哗下，
雨丝密麻麻。
又唤金链花，
精灵秋千架。
湛湛蓝天下，
秋千树上挂。

甜栗树仙子之歌

甜甜栗子落，
松鼠当糖果。
栗子烤烤火，
香香又糯糯。
冬天炉边坐，
神仙不如我。

栗子懂珍惜，
宝贝藏心底。
一身毛毛刺，
落地有谁知？
壳里一层丝，
裹着小栗子。

栗子白嘟嘟，
个个胖乎乎。
壳儿一打开，
立马蹦出来。
精灵吓一跳，
真是淘气包！

赤杨仙子之歌

赤杨树上小花仙，　　　小溪岸，大湖畔，
一摇一晃荡秋千。　　　花仙宝宝藏不见。
红红花儿尾巴摇，　　　赤杨花儿会赛跑，
你一抬头准看到。　　　小叶子呀追不了。
花儿藏着小果球，　　　小精灵，唱童谣，
一起欢乐荡悠悠。　　　看看谁能先找到。

路边的花仙子

Flower Fairies by the Roadside

寻找路边花仙子！

世人忙赶路，
脚步停不住。
野花开路旁，
精灵向东望。
如遇路边花，
请快停一下！
小小精灵家，
就在花丛下。
只要有人懂，
田园乐无穷。
仙子敲花钟，
花开一丛丛。
不论多普通，
美就在其中！

红花苜蓿仙子之歌

花仙子：
飞来一个小可爱！
不怕路远赶过来。
嗡嗡嗡嗡把蜜采，
东采采，西采采，
小小蜜蜂真勤快！

小蜜蜂：
苜蓿花儿正盛开，
谁把花蜜藏起来？
真是聪明小可爱！
左飞飞，右飞飞，
一滴甜蜜不浪费。

白屈菜花仙子之歌

小燕子，斜斜飞，
屋檐底下安安睡。
白屈菜也开了花，
朵朵盛放矮墙下。

她和燕子一起到，
也可唤作燕子草。
小小燕子飞高高，
她们一起把春报。

飞到西又飞到东，
燕子总是急匆匆。
掠过白屈菜花丛，
噌地飞到半空中。

一面墙儿一片花，
墙根底下是我家。
燕子站在屋檐上，
领着花儿高声唱。

葱芥花仙子之歌

谁人在路边，　　荨麻个儿小，　　白花开四瓣，
天天问早安？　　葱芥真高挑。　　绿叶似团扇。
小径绿绵绵，　　他在问你好，　　小小葱芥花，
葱芥来作伴。　　你可曾听到？　　快来认识他！

柳兰花仙子之歌

叶儿似柳花如兰，
柳兰从不怕火焰。

一场野火烧不完，
半山红遍火烧兰。

废墟无人荒草深，
小小柳兰扎下根。

茸茸种子会分身，
万千羽毛落纷纷。

风儿捎上小柳兰，
一起飞去大荒原！

地钱草花仙子之歌

草儿匍匐大地上，　　地钱是草不是藤，
春天一到绿汪汪。　　常春藤儿四季青。
常春藤儿长又长，　　小小草儿叶圆圆，
蜿蜿蜒蜒攀高墙。　　好似一枚枚铜钱。
偏偏有人叫错名，　　哦，它是地钱草，
草和藤也分不清。　　叫这名儿错不了。

红石竹花仙子之歌

石竹绕着树林跑，
像只快乐小小鸟。
人人知道它绰号，
树篱上的知更鸟。

夏日蓝钟一敲响，
红石竹花大合唱。
知更鸟儿红胸膛，
圆圆嘟嘟嗓子亮。

这朵小小田间花，
外号诨名一大把。
红发士兵纽扣花，
罗宾汉也就是它！

烟雾花仙子之歌

从前日子悠悠慢，
有朵花儿唤绿烟。
风儿一吹就飘散，
大地袅袅藏不见。

一个仙子一场梦，
梦见地上雾腾腾。
是谁藏在云雾中，
烟雾花儿绿蒙蒙。

点点火星噼噼啪，
一团烟雾开了花。
小小精灵把我夸，
大地又在冒烟啦！

银旋花仙子之歌

藤儿细，藤儿长，　　　花苞卷，花苞开，
藤上花儿银晃晃。　　　花开花落从头来。
小精灵，敲花钟，　　　银旋花，小喇叭，
声声钟响白云中。　　　精灵个个赞美它！

149

车前草花仙子之歌

小蜗牛，早上好！　　车前草，吹口哨，
是谁探出小犄角？　　夏天一到乐逍遥。
大路上，马车响，　　小蜗牛，慢悠悠，
个顶个地赶路忙，　　下了大雨也不愁，
你又过得怎么样？　　背个小屋去漫游。

苦苣花仙子之歌

迎面一个淘气包，　　他是一个飞毛腿，　　松松土壤变温床，
高高个子小黄帽，　　小小种子漫天飞，　　小小苦苣呼呼长，
野花地里四处跑；　　跑遍菜园不喊累。　　谁又能够把他挡？

黑苜蓿花仙子之歌

"大姐姐，快来看，
　黑苜蓿，花儿黄，
　花和名字不一样。"

"小弟弟，我告诉你：
　小种子，一粒粒，
　长大以后黑漆漆！"

蜜蜂兰花仙子之歌

谁家兰花像蜜蜂，　　　左看看，右看看，
悄悄躲入芦苇丛。　　　越看觉得越稀罕。
一对翅膀毛茸茸，　　　一只蜜蜂转圈圈，
翕忽翕忽扇着风。　　　转呀转呀变蜂兰。
太阳高高已下午，　　　小山连绵云雾间，
小小精灵去散步，　　　小小奇迹一连串。
飞着飞着迷了路。　　　蜂兰花，蜂兰花，
路上遇见蜜蜂兰，　　　幸运人儿找到它！

夏枯草花仙子之歌

小精灵，受了伤，　　一招治好小青蛙，
哪个花仙能帮忙？　　蹦蹦跶跶跑开啦！
夏枯草，本领大，　　一招治好小田鼠，
负责伤口来包扎。　　摇摇尾巴如脱兔！

龙牙草花仙子之歌

小小士兵扛大旗，
走起路来多神气。
五月花儿遍地黄，
一溜旗儿迎风扬。
龙牙草，结红果，
小小刺头排排坐。

老鹳草花仙子之歌

小蚱蜢，早上好！
请来这里歇歇脚！
好哇，小草宝宝，
让我坐下瞧一瞧！
一起猜谜好不好？
老鹳草儿长了腿，
腿儿一蹬就会飞，
你来猜猜它是谁？

哪个机灵能猜中？
这只蚱蜢好聪明，
小小谜语真难懂！
孩子们呀抓蚱蜢，
一只蚱蜢躲草丛，
一蹦一跳无影踪。
老鹳草，也会跳，
一碰它就不见了！

角罂粟花仙子之歌

我爱浪花哗啦啦，　　海上起浪一卷卷，
绵绵沙滩我的家。　　一路涌上砾石滩。
潮水起起又落落，　　不怕脚下浪花溅，
海天万里真辽阔。　　牢牢守住我家园。
咸咸海风呼唤我，　　举起罂粟小号角，
快快开出金花朵。　　它们谁也够不着！

菊苣花仙子之歌

夏日炎炎大路边，
飞来清凉小花仙。
菊苣花开一片片，
好似天空湛湛蓝。

湛蓝湛蓝小雨点，
倏倏落在玉米田。
田间小路弯又弯，
留下脚印一串串。

小小脚印浅又浅，
太阳落山就不见。
乖乖孩子别遗憾，
精灵说好明天见。

羊胡子草花仙子之歌

正午太阳高高照，
杰克准备睡午觉。
花钟敲响十二点，
精灵忙得团团转，
哪里去找小摇篮？
羊胡子草最蓬松，
噗噗噗噗吹一通，
铺在小小摇篮中。

羊胡子花一蓬蓬，
山羊胡子毛茸茸。
牧羊人儿有座钟，
悄悄藏在小草丛。
滴答滴答滴滴答，
小小杰克会说话：
刮风下雨不开花，
羊儿乖乖待在家。

161

艾菊花仙子之歌

小艾菊，浑身宝，
艾菊布丁艾菊糕，
牛奶酒，草药茶，
厨师缺它可不妙。
小艾菊，针线忙，
触手生春缝衣匠。
小纽扣，圆嘟嘟，
那是她的小花骨。
小小绿叶裁一裁，
三粒扣儿缝一排，
小小仙袍真可爱。

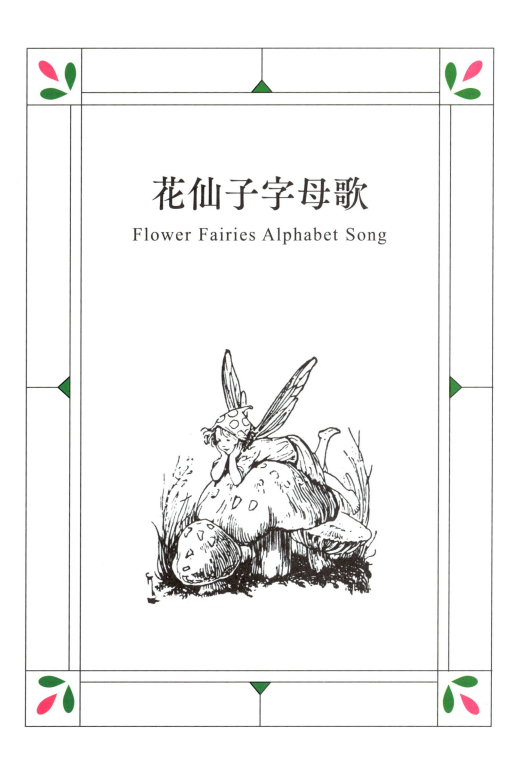

花仙子字母歌

Flower Fairies Alphabet Song

苹果花仙子之歌

谁藏苹果树？
小脸粉嘟嘟。
春夜凉如水，
它由谁保护？
不怕小飞虫，
不怕冰霜重。
昨晚忽起风，
花落无影踪。

谁家小娃娃，
贪玩不回家？
我们在树下，
苦苦等待它。
树儿开完花，
果实满枝丫。
精灵送礼物，
只只圆鼓鼓。

A

筋骨草花仙子之歌

一群小精灵，　　太阳光照耀，　　吹起小号角，　　月光幽暗暗，
保卫大森林。　　摇醒风铃草。　　王国传喜报！　　不怕天色晚。
号角嘟嘟响，　　喊来小伙伴，　　小小筋骨草，　　森林小哨兵，
哨兵齐站岗。　　打猎森林边。　　带着铜号角。　　守望到黎明。

耧斗菜花仙子之歌

字母C，会是谁？
矢车菊，白烛葵，
还是烈烈番红花，
不知哪朵是赢家？
风铃草儿丁零零，
小小雏菊真热情，
耧斗菜花轻盈盈，
谁是花中舞精灵？
哦，小小耧斗菜！
数她花儿最可爱。
请来一个小精灵，
吹笛跳舞到天明。
舞步像风一般轻，
请你也来听一听，
谁在我们花园里，
吹着一支小魔笛？

重瓣雏菊花仙子之歌

飞燕草高挑，
大丽花骄傲，
哪个花宝宝，
当 D 刚刚好？

小小花圃里，
雏菊微微笑，
太阳公公早，
人人问声好。

层层小花瓣，
赛过娃娃脸。
我们找到 D，
雏菊属于你。

小米草花仙子之歌

小米草是 E，
精灵躲哪里？
眼睛亮闪闪，
找到小不点。
小呀小米草，
无人能找到？

找找小山坡，
兔子在做窝。
百里香之国，
蓝铃丛中躲。
小呀小角落，
太阳好暖和。

小小字母 E，
藏在草丛里！
他可跑不了，
乖乖来求饶：
你们别再找，
我是小米草！

灯笼海棠花仙子之歌

灯笼小海棠，　　仙女来邀请，
靠着谷仓墙，　　花房亮荧荧，
红花紫衣裳，　　绛红雪白裙，
舞会她主场。　　超群又绝伦！

荆豆花仙子之歌

荆豆花败时，
爱吻方歇止。
它是小信使，
最会讲故事。
黄金作城池，
芒刺当卫士。
蔚蓝五月天，
荆豆开满山。
一旦花凋残，
我们就落单？

哦，别担心，
荆豆开不尽。
哪怕冬凛凛，
它也来送信。
花信何处寻，
藏在灌木林。
烁烁如赤金，
翼翼似花银。
只要亲一亲，
幸福就降临。

G

金钱草花仙子之歌

谁把小铜钱，
撒在大路边？
我来数数看。
串串小铜板，
数也数不完。
叶儿圆又圆，
一对小伙伴。
花杯和花盏，
只只金灿灿！

你叫什么名？
名儿数不清，
你要仔细听：
水手在流浪，
金叶过路黄，
金锣叮当响，
游荡草原上。
小小金钱草，
宝藏知多少。

鸢尾花仙子之歌

溪水淙淙草菲菲，   这是精灵水世界，
我是水泽小鸢尾。   幽光闪闪清洌洌。
小小泽国有睡莲，   水中花儿有倒影，
莲儿漂漂像小船。   如我一般笑盈盈。

茉莉花仙子之歌

炎炎烈日蝉儿鸣，　　　长长白昼有尽头，　　　夜色沉沉声寂寂，
去哪里找小精灵？　　　小小仙子不用愁。　　　小小茉莉香十里。
绿荫底下小凉亭，　　　凉风徐徐黄昏后，　　　好似满天小星子，
灌木丛中有仙境。　　　茉莉花开清幽幽。　　　仲夏夜里光熠熠。

金凤花仙子之歌

沼泽黄金国，
金凤花儿多。
仙国有宝藏，
城墙光万丈。

精灵悄悄忙，
偷偷翻过墙。
我的好国王，
请您听我讲——
金杯千千万，
我只看一眼。

金杯在哪里？
国王笑眯眯。
金凤花奕奕，
黄金铺满地。

精灵靴子如风轻，
背上黄金难远行。

179

铃兰花仙子之歌

小精灵，静一静，　　茎上花开似雪白，　　山谷幽幽生铃兰，
请把歌儿停一停。　　小小响铃一排排。　　丁香薰衣草为伴。
听听我来摇花铃，　　仿佛天国小梯阶，　　小小铃铛摇啊摇，
水晶铃儿丁零零。　　通往精灵大世界。　　铃兰之歌最奇妙。

锦葵花仙子之歌

锦葵花仙子，
坐在小集市。
小小叶儿碎，
满身落尘灰。
外号碎布头，
一生却不愁。
小小种子罐，
奶酪真新鲜！
粒粒仙人粮，
花仙奶酪棒。
精灵买东西，
出门去集市。
花仙对她道：
夫人行行好，
买一块奶酪！
一场精灵宴，
锦葵是美馔！

旱金莲花仙子之歌

哟嗬嗬，旱金莲，

哟嗬嗬，乐翻天！

太阳似火焰，

撑开小红伞。

伞儿高高举，

遮阳又挡雨。

夏日小游民，

闲荡最开心，

不分昼与夜，

高歌如云雀。

谁也不承想——

夜里下了霜，

叶落篱笆墙，

花儿遭了殃。

小伞忽不见，

散如一缕烟。

谁是旱金莲？

草甸流浪汉。

183

兰花仙子之歌

兰花大家庭，
古怪又精明。
美人有千面，
蜂兰扑闪闪。
星星又点点，
飞蠓入花间。
英格兰草甸，
藏着红门兰。
唯爱四月天，
春草绿如烟。
兔子乐陶陶，
满山遍地跑。
云雀忙筑巢，
羊羔咩咩叫。
九轮草丛中，
黄花带露浓。
有的爱暖房，
姿态变了样；
有的爱闯荡，
流浪在四方！

蝴蝶花仙子之歌

蝴蝶牵牛花，
石竹长春花，
朵朵美如画，
花落在谁家？

虞美人当选，
头顶胡椒罐。
樱草豌豆花，
它可落不下。

蝴蝶花哪位？
字母P最配。
花园小娃娃，
种下蝴蝶花。
蝴蝶有了家，
安睡花丛下。

草甸女王之歌

小溪汩汩淌，
仙女王登场。
王国在何方？
臣民可善良？
水草幽幽长，
青蛙小池塘。

翠鸟做大臣，
蜻蜓安本分。
快似闪电蹿，
护卫大草甸。
鱼群一路随，
青蛙勤跑腿。
一群小跟班，
为我把话传。

女王美名扬，
温柔爱牧场。
仙国美不美，
不必宝石缀。
草木浓密密，
皇冠也不及！

Q

知更草花仙子之歌

小小吹笛手，
笛声清幽幽。
他叫知更草，
衣衫破又薄。
吹起短芦笛，
百鸟来相聚。

花仙子之夜，
芦笛又响起。
不为银汤匙，
不求金缕衣。
流浪沼泽地，
家乡在哪里？

有个小秘密，
精灵忙低语：
一个小王子！
原来在这里！
扮作知更草，
无人能知晓。

草莓花仙子之歌

S 花儿是谁？　　草莓小花仙，　　野草莓最甜，
当属小草莓！　　红裙白点点。　　公主也稀罕。
可爱向日葵，　　提上水果篮，　　大臣快出现，
也要往后退。　　王宫去赴宴。　　也来尝尝鲜！

海石竹花仙子之歌

故事很遥远，
天方有夜谭。
天空瓦蓝蓝，
山崖高高悬。
海鸥爱探险，
绕着悬崖转。
崖下好地方，
海水闪幽光。
岩石粗粝粝，
羊儿叹叹气。
谁在石缝里，
花儿开满蹊？
一群海石竹，
小脸红扑扑。
苍天如圆盖，
脚下浪花开。
勇敢小小孩，
谁也打不败！

野豌豆花仙子之歌

U 字母最闲，　　V 仙来安慰：　　缬草孤零零，
优游天地间。　　我的好姊妹，　　我们都欢迎！
一个淘气包，　　千万别泄气。　　野豌豆之家，
仙女也吓跑。　　带上马鞭草，　　朋友遍天下。
枝头空寂寂，　　烦恼都赶跑！　　大家别伤心，
遥遥花无期，　　紫罗兰清冷，　　UV 一家亲！

桂竹香花仙子之歌

桂竹香，桂竹香，
谁在墙上播种忙？

精灵忙播种，
风儿轻轻送。
三月春风凉，
十里桂竹香。

城堡人不在，
满地生青苔。
风儿吹门开，
似是故人来。
花儿开不败，
不知谁人栽。

黄花野荨麻仙子之歌

谁家小树妖，
天天爱玩闹。
惹恼丫宝宝，
X 往哪儿逃？
好个小逍遥，
从来不打苞？
荨麻不说话，
默默开黄花，
节节往上拔。
善良本无刺，
翠叶黄金枝。
等着瞧呀——
谁来偷荨麻，
精灵不饶他！

百日菊花仙子之歌

烂漫花田中，　　烟火映夜空。
百日菊最浓。　　再见百日菊，
融融如紫铜，　　何时再相聚？
落日橘子红。　　A 到 Z 排序，
六月花重重，　　字母真有趣！

索引

番红花仙子之歌

番红花，又称藏红花或西红花，一种鸢尾科花卉，也是一种常见的芳香作物。

柳絮花仙子之歌

柳絮，又称杨花，属于柔荑花序，杨柳的种子生有白色绒毛，随风飞舞，形如飞絮。

樱草花仙子之歌

樱草花，又名报春花，源自法语名称，转译自拉丁语"prima rosa"，意为"春天的第一朵玫瑰"；不过，樱草花既不是一种蔷薇科植物，也不是春天最早开花的花卉。

款冬花仙子之歌

款冬，本义为小马驹的蹄子，因为它的叶子形似小马的蹄印儿。款冬生长习性独特，春天开花结果之后，才长叶子。

蒲公英花仙子之歌

蒲公英，本义为狮子的牙齿，源于法语中的"dent de lion"，因为它的叶子很像狮子的利齿。蒲公英的英文俗称较多，譬如农夫的钟、报时花和时钟之花，中文别名黄花地丁。

风之花仙子之歌

风之花，也叫作林地银莲花，亦称五叶银莲花或白头翁。

小白屈菜花仙子之歌

白屈菜，通常被称为大白屈菜。前文图中所示的植物为小白屈菜，俗称燕子草，嫩叶可食。据说此花开时燕子归来，花落之际燕子离去，因而得名。不过，小白屈菜大名叫作榕叶毛茛，属于毛茛科植物，而大白屈菜则属于罂粟科。

雏菊花仙子之歌

雏菊，因其花型比一般菊花略小，像未长成的菊花，故名雏菊。花期较长，从早春开到深秋，是意大利的国花。

落叶松花仙子之歌

落叶松，球果幼时是红色的，成熟后变为黄褐色或紫褐色；因冬季针叶脱落而得名。

白花酢浆草花仙子之歌

白花酢浆草，诗中原名"Lady's-Smock"，本义为女士的罩衫，又称碎米荠或布谷鸟剪秋罗；中文别名酸浆草或三叶酸，气味如醋，因而得名。

婆婆纳花仙子之歌

婆婆纳种类繁多，图中所示为石蚕属植物。石蚕叶婆婆纳，开淡蓝色小花，是欧洲常见的草地或林中野花；中文俗称虎尾草或将军草。

繁缕花仙子之歌

繁缕花有一个不大常见的植物学名称叫银柴胡。中文别名鹅肠菜、五爪龙或乌云草。

犬堇菜花仙子之歌

犬堇菜，这里指无香味的野生堇菜，俗称野生紫罗兰。然而，紫罗兰其实是十字花科的一种植物，而犬堇菜则属于堇菜科。英国最常见的两种开紫色小花的野生堇菜，一是香堇菜，散发着淡淡甜香；另一种是普通无香的犬堇菜。

风铃草花仙子之歌

前文图中所示的花是野生风信子。苏格兰的蓝钟花属于圆叶风铃草。风铃草属植物，包括风铃草和吊钟花。

三色堇花仙子之歌

听一位老奶奶回忆说，她们小时候把三色堇或野生三色堇称作"跳起来，吻我吧！"通常，这种植物的每一朵花上面有三种不同颜色：黄色、紫色和白色，因此得名"三色堇"；英文别称三色紫罗兰，本义为沉思。中文别名人面花、猫脸花、蝴蝶花、堇堇菜。

酢浆草花仙子之歌

酢浆草，通常开黄色小花，但也有红花、白花或不同花色的酢浆草；前文图中所示的是开浅粉色花朵的酢浆草。通常，酢浆草、车轴草与苜蓿都被称为三叶草。

山楂花仙子之歌

山楂花，因为它是五月开花的植物，又译作五月花。在欧洲乡村，山楂树又被称为五月花树。每年五月，人们会围绕着五月柱庆祝狂欢节；而这根花柱通常缠绕着山楂树的花枝。

黄花九轮草花仙子之歌

黄花九轮草，英文字面意思为驴蹄（Cowslip），因此又被称为驴蹄草；别名欧洲樱草、野生报春花；中文别称莲香报春花、莲馨花。

黄水仙花仙子之歌

黄水仙，别称喇叭水仙花，属于水仙属植物。在诗歌或方言中，被誉为四旬期百合花(Lent Lily)或戏称为达菲·唐·迪利（Daffy-down-dilly）。其中，"Lent"源于拉丁文，本义为"四十"；另外一种说法，"Lent"是古英文"Lencten"的缩写，意为"春天"；中文别名金盏银台或凌波仙子。

白星海芋花仙子之歌

野生阿若母的别称，除了白星海芋之外，还有其他譬如斑叶阿若母或三叶天南星之类。白星海芋花朵硕大而优美。诗中提及的毛地黄，本义为狐狸手套，开紫色或白色钟状花朵，别名指头花；因为它来自遥远的欧洲，又称为洋地黄。

罂粟花仙子之歌

通称为罂粟的植物近180种，别名米壳花、罂子粟或阿芙蓉。虞美人是一种开红花的罂粟属植物，在欧洲谷物田里普遍生长。

毛茛花仙子之歌

毛茛花，本义为奶油杯或黄油杯，开杯状有光泽的小黄花，因此得名；别称金凤花。毛茛属中有一种花毛茛又叫波斯毛茛，花似牡丹又像莲花，叶子像芹菜，因此又被称为洋牡丹、陆莲花或芹菜花。

石楠花仙子之歌

前文图中所示的石楠是钟形石楠，它不同于普通的帚石楠。

牛角花仙子之歌

牛角花，即原诗中出现的"鸟足三叶草"（Bird's-Foot Trefoil），籽荚形似鸟爪，俗称鸟足豆、黄金花，亦称百脉根；作者所提到的英语别称"布谷鸟的袜子"（Cuckoo's Stockings）、"仙女小拖鞋"（Lady's Slipper）和"培根与鸡蛋"（Bacon and Eggs）均与花朵形状有关。

老鹳草花仙子之歌

诗中出现的老鹳草为罗伯特氏老鹳草，别名汉荭鱼腥草、鸭脚草、五叶草。老鹳草，俗称天竺葵，是天竺葵属植物中比较耐寒的一类。

白花三叶草花仙子之歌

诗中出现的白花三叶草，又称白三叶、白花车轴草、白花苜蓿。三叶草作为一种泛称，不仅包括酢浆草科的酢浆草，还有豆科的车轴草和苜蓿草，其中车轴草属植物被认为是最正宗的三叶草。

金银花仙子之歌

金银花与忍冬花指的其实是同一种藤本植物。花初开时为白色，几天转为黄色，如金似银，因此得名；花开时成双成对，又称双花，中文别称鹭鸶花。同时，它又能经受住严寒考验因而得名忍冬。

龙葵花仙子之歌

尽管龙葵有剧毒，但它并不是致命的颠茄。龙葵，本义为夜影（Nightshade），俗称暗影龙葵，茄属植物，浆果熟透时呈黑紫色，别称颠茄。诗中出现的"白英"（Bittersweet），本义为"苦乐参半"，俗称甘苦茄、美洲南蛇藤，和龙葵一样都属于茄科植物。不过，白英毒性更大；成熟后的浆果呈红色。

大矢车菊花仙子之歌

大矢车菊，又称黑矢车菊，有时被称为小傻瓜（Hardhead）；它有一个弟弟叫小矢车菊，它开的花与大矢车菊不大一样。大矢车菊又称花篮矢车菊，玫瑰色花瓣簇拥在一起形似花篮。诗中出现的"刺蓟"（thistle）也是菊科植物，但与矢车菊不同的是，它的叶子生有小刺，俗称刺儿草、蓟蓟草。

勿忘我花仙子之歌

勿忘我又称勿忘草，一般刚开花时为红色，然后慢慢变蓝。

毛地黄花仙子之歌

毛地黄，又名洋地黄，开铃形或钟状花朵，别名自由钟、指顶花、德国金钟。它有个可爱的绰号——狐狸手套。此外，毛地黄还有其他如巫婆手套、仙女手套等别名。

蛋黄草花仙子之歌

蛋黄草，本义为"蟾蜍亚麻"（Toad Flax），云兰属（Flaxweed）植物，别名金鱼草花，因为枝叶细如柳，开花似金鱼草，又得名"黄柳穿鱼"。其他别称有：龙口花、龙头花、狮子口、洋彩雀。

红花琉璃繁缕花仙子之歌

红花琉璃繁缕，又名猩红繁笺花，别称红花侠、海绿、穷人晴雨表、牧羊人时钟。红花侠的别称源于英国剧作家埃穆什考·奥希兹的一部同名作品《红花侠》。

蓍草花仙子之歌

蓍草，别称西洋蓍草，字面意思是"一千片叶子"（Milfoil），因为蓍草长着非常多的细小叶子。蓍草叶像是一丛丛小鸟羽毛，又像是多足虫，中文别称锯齿草、羽毛草、蜈蚣草。

风铃花仙子之歌

圆叶风铃草和苏格兰的蓝铃花是同一种植物，别名野风信子。有些开蓝紫色钟状小花的植物也被称为蓝铃花；圆叶风铃草是真正的蓝铃花属植物，"Hyacinthoides"的字面意思是"像风信子一样"。

番莲花仙子之歌

番莲，别名铁线牡丹、山木通、野生铁线莲、威灵仙等，也被称为旅行者的喜悦。当花期结束后，会变成一团毛茸茸的卷须，人们称之为老人须。

野蔷薇花仙子之歌

英格兰岛位于英国大不列颠岛的东南部。月季花常被称为"花中皇后"，而英国月季，又称英伦玫瑰或奥斯汀月季。诗中的"Wild Rose"泛指野玫瑰或野蔷薇。

轮峰菊花仙子之歌

轮峰菊，别名紫盆花、山萝卜。

玫瑰花仙子之歌

玫瑰，英国国花，蔷薇属植物的通称。在欧洲多国语言中，蔷薇、玫瑰、月季都是使用同一个词来表示的。

九里光花仙子之歌

九里光，别名眼明草、野菊花、狗舌草。九里光的果实有点像蒲公英，生有一团白色绒毛。

浆果女王

泻根，别名野葡萄、葫芦泻根。浆果，多汁肉质单果的统称。果实中常有多粒种子，如葡萄、树莓、醋栗、越橘、无花果、石榴、蓝莓、西番莲等。

花楸果仙子之歌

诗中出现的花楸树，又称红果花楸、欧洲花楸，中文别称山灰、山楸、七度灶。在欧洲，人们曾经相信花楸树有魔力。

蒲菊花仙子之歌

红色海军上将蛱蝶，又称红纹丽蛱蝶、大西洋赤蛱蝶，喜欢以常见的啤酒花、红三叶、紫菀、苜蓿等植物为食。原诗中出现的米迦勒雏菊，是雏菊的一种，别名蒲菊、紫菀（Aster），花的根部为紫色而且柔软纤细，因此得名。

绵毛荚蒾花仙子之歌

绵毛荚蒾，本义为旅行者之树（wayfaring tree）。原诗中提到的关于星期四出生的孩子的说法，源于一支欧洲童谣：

星期一的孩子有一张天使的脸，
星期二的孩子魅力无边，
星期三的孩子总爱埋怨，
星期四的孩子长路漫漫，
星期五的孩子讨人喜欢，是个好伙伴，
星期六的孩子勤勤勉勉，
星期日的孩子健康又聪明，开心每一天！

女贞树果仙子之歌

初夏时节，女贞树绽放出一簇簇香气浓郁的白色小花。

接骨木果仙子之歌

尽管接骨木果味道不大好，但并无毒性，可用来酿造乡村风味的美酒。孩子们喜欢用接骨木的枝条制作口哨。

野蔷薇瘿瘤仙子之歌

野蔷薇瘿瘤，本义为"知更鸟的针包"（robin's-pincushion）。

橡果仙子之歌

橡子，又称橡树果、浆栎果、栎实。

野蔷薇果仙子之歌

野蔷薇果，又称刺玫果或野玫瑰果，果实近球形，成熟时为红褐或紫褐色，有光泽。

山茱萸仙子之歌

山茱萸，别名樱桃果（Cornel）。山茱萸（Dogwood）的名字其实与"狗"（Dog）并无关系。人们也称它为短剑木、纺锤草或卫矛，说明它是用来制造尖锐东西的材料。

龙葵果仙子之歌

你一定要相信那些善良的花仙子，尽管这些浆果看起来很漂亮，但千万别去尝。图中所示的植物为白英，又称千年不烂心或蜀羊泉，夏天常开紫色和黄色花朵。

山毛榉坚果仙子之歌

前文图中所示的山毛榉坚果可食。属于一种小型的三角形坚果，可榨油用作烹饪或用来点灯。

黑莓仙子之歌

黑莓，又称树莓或覆盆子，果实近球形，呈黑色或暗紫红色。

马栗仙子之歌

马栗树又名七叶树，欧洲常见行道树种之一，果实类似板栗但外壳刺较少。

山楂果仙子之歌

山楂果，又名沙果、野生酸苹果、山里红、红果、棠棣子等，果实近球形或梨形，呈深红色，味如奈李。

白泻根仙子之歌

前文图中所示的这种泻根，别名白藤、野葡萄藤和红浆果泻根，有攀缘植物的卷须，而黑泻根没有卷须，二者的叶片和浆果也非常不同。据说，这种泻根的根部为白色，而黑泻根的一根则为黑色。

黑泻根仙子之歌

前文图中所示的黑泻根果实并非黑色，据说它的根是黑色的；也许它的确生有黑色根吧，但你得把它挖出来，才能找到答案。过去，人们常认为黑泻根是一味治疗雀斑的良药。别名黑眼根、黑旋花。

黑刺李仙子之歌

黑刺李是一种野李子。咬一口就会令你酸倒牙，但它是无毒的。霜降后成熟的果实，会变得十分甘美。

山楂树仙子之歌

山楂树，落叶小乔木，每年五月左右开花，花瓣粉白小巧；秋季果实累累，经久不凋。

榛子仙子之歌

榛子，榛树的圆球形坚果呈红褐色或灰褐色，又名山板栗或尖栗，有"坚果之王"的美誉。

野荨麻花仙子之歌

野荨麻花，别名野麻花、枯荨麻。

野生铁线莲花仙子之歌

野生铁线莲，又称葡萄叶铁线莲，俗称老人须。它的花被称作旅行者之乐，种子生有一团光滑绒毛。"铁线莲"（Clematis）原意指各种爬藤植物，别名忍冬、少女的凉亭。

荠菜花仙子之歌

荠菜，别名牧羊人的钱包，因为荠菜的种子荚呈倒三角状，像古代欧洲牧羊人斜挎在身上的羊皮小包。

松树仙子之歌

松树球花通常春夏开放，但第二年夏天才发育成球果，俗称松塔或松球。

黄杨仙子之歌

黄杨树，别名黄杨木、锦熟黄杨，因为木质温润细密，号称"木中君子"。

牛蒡花仙子之歌

牛蒡，又名鼠黏草、蝙蝠刺、象耳朵，叶大如盖，花苞生有钩刺。

榛子树仙子之歌

榛子花有雌雄之分，雄花外观鲜紫褐色，属于柔荑花序；雌花较小，开花时在枝头呈现一抹红色。

灯心草和羊胡子草花仙子之歌

灯心草，别名灯芯草、虎须草、赤须、野席草；羊胡子草，别名棉花草、羊毛胡子、羊胡髭草。

凌风草仙子之歌

凌风草，又名抖草。此草形态优美，生有小铃铛状的种子荚，随风摇曳，因而得名。

紫杉仙子之歌

紫杉，别名赤柏松、紫柏松、红豆树，红豆杉科植物。

斑叶阿若母仙子之歌

前文图中所示为野生斑叶阿若母浆果，别名天南星、疆南星。春天开花如同兜帽，结的浆果不能吃。"Lords-and-Ladies"本义为"老爷和太太"，形容花朵如同手执长矛、身披斗篷的贵族老爷和夫人们。

黑刺李花仙子之歌

三月份的寒冷天气，有时被称为"黑刺李倒春寒"。黑刺李，别名刺李，李树的一种，通常三月中旬开花。

迎春花仙子之歌

迎春花，别名小黄花、金腰带、金梅、黄素馨、清明花。

千里光花仙子之歌

千里光，别名野滥缕菊，因为它有明目之效，得名千里光，有"千里眼"的意思，象征人生睿智。

悬铃木仙子之歌

悬铃木，俗称法国梧桐，号称"行道树之王"，春秋两季果实毛絮漫天飞舞。

纺锤草果仙子之歌

纺锤草果是纺锤草的果实，因为形似手摇纺车中的纺锤而得名，又名卫矛果、桃叶卫矛。

冬青树仙子之歌

冬青，因为冬天树叶依然青翠，故名"冬青"；别名冻青。

雪莲花仙子之歌

诗中出现的"Snowdrops"字面意思是"雪滴",俗称雪莲花,指石蒜科雪滴花属植物,早春时节冰雪没有完全消融便已开花,因而得名。此外,还有一类俗称雪绒花的植物并非雪滴花。

枞树仙子之歌

枞树,又称冷杉。圣诞树通常是指用灯烛和装饰品把枞树或洋松装点起来的常青树,也可用云杉或赤松(Red pine)等树木代替。据说圣诞树最早始于古罗马十二月份的农神节。

冬菟葵花仙子之歌

冬菟葵,别名冬兔葵、冬乌头;冬眠过后,春天最早开花的植物之一。

花仙子在哪里?

蘑菇圈,又称仙女环或蕈圈,主要存在于森林、草原或牧场中。

绵枣花仙子之歌

绵枣,别名天蒜、地枣、黏枣,像是生在土里的枣子,形似野蒜。

西洋樱草和葡萄风信子花仙子之歌

西洋樱草又名欧洲报春花,因为在百花之中开花最早而得名。葡萄风信子又名麝香兰、葡萄水仙、蓝壶花、蓝瓶花,花朵簇生呈尖塔状、壶状或花坛状。

吊钟花仙子之歌

吊钟花,本义为"坎特伯雷钟"(Canterbury Bell),又名风铃草,花朵钟形似风铃。

勿忘草仙子之歌

勿忘草,别名琉璃草、补血草、星辰花、不凋花,属于紫草科植物。

石竹花仙子之歌

石竹花,本义也含有"剪切成锯齿状"的意思。花茎形似竹节,因而得名。花瓣边缘通常裂成锯齿状,中文别名剪绒花、剪刀花、石柱花、鹅毛石竹。

矢车菊花仙子之歌

矢车菊，因为花瓣如箭矢般向四面射出、全形如车轮辐射而得名。别名蓝芙蓉、翠兰、荔枝菊、蓝花矢车菊。

小长春花仙子之歌

有些长春花的颜色比这些花儿更偏蓝紫色，偶尔人们也会发现纯白色的长春花。

虞美人花仙子之歌

从前，有一位乡村牧师，同时也是一个聪明的园丁，他用野生虞美人培植出五彩缤纷的罂粟，并以他所在村庄的名字为花命名，称为雪莉罂粟。

郁金香花仙子之歌

很久很久以前，据说郁金香是从古老的波斯花园里传播开来的，远在荷兰人开始种植此花之前。

天竺葵花仙子之歌

天竺葵，又名老鹳草，别名石腊红、日烂红、洋葵、洋绣球、懒人花。

龙口花仙子之歌

龙口花，又名啮龙花、龙头花、金鱼草。

屈曲花仙子之歌

屈曲花，本义为簇拥在一起的糖果（Candytuft），别名白烛葵、蜂室花、伞形蜂蜜花。

天人菊花仙子之歌

天人菊，别名虎皮菊、老虎皮菊，花瓣通常呈红黄双色。

薰衣草花仙子之歌

蓝色一词，在过去常用来指代紫色或淡紫色。

天芥菜花仙子之歌

天芥菜，本义为朝向太阳生长（Heliotrope），通常开淡紫色芳香花朵。在诗中，它凭着自己的甜美花香赢得了"Cherry Pie"（樱桃派；樱桃馅饼）的美称。

香豌豆花仙子之歌

香豌豆，又名甜豌豆、麝香豌豆花，花香馥郁，但它的种子却是有毒的。

草夹竹桃花仙子之歌

草夹竹桃花，中文音译为福禄考（Phlox），一种高大开花的庭院植物，又称小天蓝绣球、雁来红、金山海棠。

水仙花仙子之歌

水仙花，音译纳西索斯（Narcissus）。有关古希腊神话中美少年纳西索斯化为水仙花的故事，在奥维德（Ovid，43 BC—AD 17）的作品《变形记》中有过描述。诗中的"Easter"（复活节）指的是每年春分月圆之后第一个星期日。

金盏花仙子之歌

金盏花，别名万寿菊、盏盏菊、黄金盏、长生菊。因为花色明黄、花瓣围绕如盆似盏而得名金盏花；又因花瓣与菊花相似，也称金盏菊。

抬起头，看一看！

果儿指多汁且大多为甜味或酸味的植物果实，如苹果、沙果、枇杷、梨子、杏子、橘子、西瓜和芒果等。

梨树仙子之歌

梨树，别名水梨或山檎，果实近似褐色球形，花为白色。

樱桃树仙子之歌

樱桃，别名车厘子或莺桃，花为白色或粉红色；果实近球形，成熟后为深红色，形如珍珠璎珞，因而得名。

白桦树仙子之歌

白桦，树皮灰白色，耐严寒，是拓荒的先锋树种。

杏花仙子之歌

杏花开放时，花瓣呈现玉白色或略带红晕，具有变色的特点，花色由浓渐淡，凋落之际多为雪白色。

野樱桃花仙子之歌

野樱桃花，通常先于树叶萌芽而开放，多呈白色或粉红色；核果较小，为红橙色或黄色，果肉多汁。

柳树仙子之歌

柳树的别称有水柳、垂杨柳、绿丝绦、烟柳、清明柳等，叶片狭长，柔荑花序。

酸橙树仙子之歌

酸橙树，属于柑橘属植物，它并非西洋菩提树或欧椴树；此外，西洋菩提树与中文中所称的无花果属（Ficus）的菩提树是不同树种。

绣球花仙子之歌

绣球花，别称欧洲酸果蔓、欧洲荚蒾、雪球荚、欧洲琼花。

山毛榉树仙子之歌

山毛榉，别名麻栎金刚、石灰木、水青冈，树干高耸入云。

梧桐木仙子之歌

梧桐木，俗称美国梧桐或假挪威槭，亦称岩槭或西卡莫槭，是枫属阔叶植物。

接骨木花仙子之歌

接骨木的花冠为淡黄色，呈辐射状，因此诗人形容它像奶油色小花边。

榆树仙子之歌

榆树，别名榆钱、春榆、白榆。榆木质地坚硬，适于制造独木舟。

桑果仙子之歌

桑果，又名桑葚、桑椹、桑椹子、桑蔗、桑枣、乌椹。

灰树仙子之歌

灰树，又称白蜡树、梣树；树皮灰褐色，果实形状如同蜻蜓的翅膀。北欧神话中的"世界树"（the World Tree）是一棵白蜡树。

杨树花仙子之歌

前文图中所示的杨树被称为黑杨树。但我认为，这只是因为还有一种白杨树，叶子是白色的。那种长得又高又瘦的杨树，叫作伦巴第白杨。

丁香花仙子之歌

丁香，别名紫丁香、丁子香，因花筒细长如钉子且芬芳四溢而得名。

金雨花仙子之歌

金雨花落下后，会结出形似豌豆的毒豆荚，不可食用。孩子们最好也不要用金雨花的果实做游戏。

甜栗树仙子之歌

甜栗，别称欧洲栗，俗称百骑大栗树或百马树，树冠如盖，据说曾给百骑人马遮住了大雨，因而得名。

赤杨仙子之歌

赤杨，又名桤木，生有毛茸茸的柔荑花序，因木头天然色泽偏红色而得名。

红花苜蓿仙子之歌

红花苜蓿，又名红三叶草或红车轴草。三叶草是多种拥有三片手指状叶子的小草通称，主要包括三类：豆科的车轴草属和苜蓿属、酢浆草科的酢浆草属。

白屈菜花仙子之歌

白屈菜这个名字来源于希腊语中燕子（Celandine）的意思，而这种白屈菜有时也被称为燕子草或白薇。它的茎中有橙色汁液，与春天的花仙子中的小白屈菜没有关系；但它是角罂粟的远亲，本书对此花将另作介绍。

葱芥花仙子之歌

葱芥，本义为"篱笆旁的杰克"（Jack-by-the-hedge），也叫大蒜芥末和药用蒜芥（Sauce Alone）。

柳兰花仙子之歌

这种柳兰别称火杂草或火烧兰，因为它常常生长在曾经发生过野火或森林火灾的地方。

地钱草花仙子之歌

金钱薄荷还有其他别称，比如连钱草和大马蹄草。此外，还有四个我们不常听到的名字："罗宾跑上堤坝""堤坝乱爬草""逃跑的杰克"和"爬行的查理"。

红石竹花仙子之歌

红石竹，英文俗称"Red Bird's Eye"（字面意思为红鸟眼）；中文别称洛阳花、石柱花、朝颜剪秋罗，因花茎形似竹节而得名。

烟雾花仙子之歌

300年前，烟雾花的名字是"Fumiter"；在此之前，一直沿用这种植物的法语名称"Fume Terre"，意为大地上的烟雾："Fume"是烟雾的意思，"Terre"则表示土地。

银旋花仙子之歌

不过，这种旋花是粉红色小田旋花的大姐姐，虽然开花很漂亮，但在花园里却并不好养；因为它喜欢缠绕其他花木和植物，因此它有一个外号叫树篱杀手。牵牛花是一种属于旋花科的园林植物。

车前草花仙子之歌

除此之外，还有一些其他种类的车前草。那种叶子宽、种子穗高的属于宽叶车前，是金丝雀喜欢的花草。

苦苣花仙子之歌

我听说，兔宝宝们爱吃苦苣菜，也许它并不像大多数人认为的那样没用处吧。

黑苜蓿花仙子之歌

黑苜蓿，别名天蓝苜蓿、黄花苜蓿、接筋草，号称"牧草之王"。开小黄花，结出黑色果荚，因而得名。

蜜蜂兰花仙子之歌

蜜蜂兰一般指多花兰，又称蒲兰、蜂子兰、串兰；"Orchis"一般指红门兰属；花朵密集好像一群蜜蜂围绕花梢，因而得名。

夏枯草花仙子之歌

从前，这种家喻户晓的草本植物常用来治疗伤口，从夏枯草的别名"自我疗愈草""万灵草药"中，你可以看到它的用处很广。有时，它也被称为"普鲁内拉"（Prunella），意为对"咽喉痛"有治疗作用。

龙牙草花仙子之歌

龙牙草，又名仙鹤草、龙芽草、狼牙草，花为黄色小花组成的穗状花序。因形似龙的牙齿而得名。

老鹳草花仙子之歌

这种老鹳草的名称源于它种子荚细长的形状，看起来像鹳鸟的喙。老鹳草的其他家族成员被称为鹤嘴草。

角罂粟花仙子之歌

角罂粟，又称海罂粟，原本盛产于欧洲某些海滩地区。

菊苣花仙子之歌

苦苣也被称为菊苣或苣荬菜。

羊胡子草花仙子之歌

除了牧羊人的时钟外，小杰克还有一个名字叫作羊胡子草。"Jack-go-to-bed-at-noon"，本义为"杰克午睡"；种子成熟后分裂出絮状白色细丝随风飘拂，形似山羊胡子。

艾菊花仙子之歌

艾菊，花朵形似黄色纽扣，英文俗称"Bitter Buttons"，本义为"苦涩的纽扣"，又称淡啤酒艾菊，用于泡茶或麦芽酒调味。

A　苹果花仙子之歌

苹果，色美味甘，被誉为"水果之王"，西方有一句民间谚语："一天一苹果，医生远离我。"

B　筋骨草花仙子之歌

筋骨草，本义为号角（Bugle），别名白毛夏枯草、散血草、透骨草、透筋草。

C 耧斗菜花仙子之歌

耧斗菜，长斗形花冠像是农耕时代耧车的斗，因而得名。英文俗称"Columbine"出自拉丁文"Colombe"（鸽子），一组花瓣仿佛五只聚在一起的小鸽子。中文别名猫爪花，花开时重重花瓣宛如缩小版的牡丹花，"Fan Columbine"又称为洋牡丹。

D 重瓣雏菊花仙子之歌

重瓣花属于园艺花卉分类中花型之一，花瓣两轮以上，如重瓣雏菊（Double Daisy）、重瓣虞美人和菊花，通常，观赏植物花瓣有单瓣花、复瓣花（半重瓣花）和重瓣花等三种类型。

E 小米草花仙子之歌

小米草，本义为"眼睛明亮的"（Eyebright），俗称明目草，别名白背菜、白子菜。

F 灯笼海棠花仙子之歌

前文图中所示为户外野生的灯笼海棠。此花吊挂似灯笼，别名倒挂金钟、吊钟海棠、灯笼花、吊灯花。

G 荆豆花仙子之歌

荆豆，英文别称"Furze"；中文别名金雀花，形如飞雀，花冠鲜黄。英国有句谚语，"荆豆花败时，爱吻方歇止"。

H 金钱草花仙子之歌

风信子、金莲花、金银花和蜀葵，还有哪些是以字母H开头的花呢？译者注：诗中出现的"Wandering Sailor"（流浪水手）、"Moneywort"（铜钱状珍珠菜）、"Creeping Jenny"（草甸排草；匍匐珍妮）、"Strings of Sovereigns"（一摞金镑）、"Meadow Runagates"（草地游荡者）、"Herb Twopence"（两便士草）等都是金钱草的英文俗称。中文别名路边黄、遍地黄、一串钱。

I 鸢尾花仙子之歌

前文图中所示为野生鸢尾花。花瓣大都为蓝紫色或浅蓝色，别名紫蝴蝶、蓝蝴蝶、乌鸢、扁竹花。

J　茉莉花仙子之歌

茉莉，别名香魂、莫利花、木梨花、素馨花、白柰花、白末利。

K　金凤花仙子之歌

金凤花，毛茛属花卉，英文俗称"Buttercup"（本义为"奶油杯"）、"Butter-flower"（本义为"黄油花"）、"Crowfoot"（玉柏；牛角花，本义为"乌鸦爪"）、"Goldcup"（本义为"金杯"）。

L　铃兰花仙子之歌

铃兰，有时也被称为天堂之梯。

M　锦葵花仙子之歌

锦葵（Mallow），别名荆葵、钱葵、小钱花、金钱紫花葵。因为锦葵果实有小坚果的风味，又称为"精灵奶酪"（fairy cheeses）。

N　旱金莲花仙子之歌

旱金莲，别名旱莲花、荷叶七，花朵金黄，类似杯状或伞形，叶子形态如同睡莲，但却长在泥土之中，因而得名。

O　兰花仙子之歌

人们通常所指的中国兰比较淡雅，与花型较大、颜色鲜艳的热带兰大不相同；别名春兰、兰草、幽兰、山兰、空谷仙子。

P　蝴蝶花仙子之歌

前文图中所示为三色堇，别名蝴蝶花、人面花、猫脸花、鬼脸花；英文别名"Herb Trinity"，本义为"一花三色"。

Q　草甸女王之歌

草甸女王，本义为"草甸甜草"（Meadowsweet），别名蜜酒草、新娘草、蚊子草、草甸夫人、绣线菊草。

R　知更草花仙子之歌

知更草（Ragged Robin），本义为"衣衫褴褛的罗宾"，英文别称"Cuckoo Flower"（布谷鸟花）；中文别称剪秋罗，秋日开花，花瓣形似剪断的罗缎，因而得名。

S　草莓花仙子之歌

草莓，蔷薇科植物，浆果芳香多汁，素有"早春第一果"的美称。

T　海石竹花仙子之歌

海石竹，原本是一种生于海边的粉红野花，花朵形酷似古时发簪，又称滨簪花、桃花钗。

UV　野豌豆花仙子之歌

野豌豆，别名巢菜。常与欧亚绣线菊、黄花苜蓿、无芒雀麦等共同组成山地草甸大家庭。

W　桂竹香花仙子之歌

桂竹香，别名香紫罗兰、黄紫罗兰，本义为"墙花"或"壁花"（Wallflower），因为这种草本植物生命力强，可以生长在破旧墙面或岩石壁上。此外，"Wallflower"也指在舞会或聚会中，害羞地坐在角落里的男生或女生。

XY　黄花野芏麻仙子之歌

野芏麻，又称为枯芏麻、野麻花，类似于芏麻，但不刺人。诗中代表字母Y的花仙子为"黄花野芏麻"（Yellow Deadnettle）。然而，关于代表字母X的仙子，作者在诗中并未确定为何种花卉。X是英语字母表中开头单词最少的字母；同时，它在数学中通常指的是未知数的值，表示未知、无限、神秘等意思。

Z　百日菊花仙子之歌

百日菊，一般开花时间可达百天，又名百日草、步步高、火球花、对叶菊。